AF235992

Luise Zacharias

Mitten am Rande

Zur Autorin:

Luise Zacharias wurde 1918 in Gülpe geboren und hat bis zu ihrem Tode im Jahre 2009 in diesem Ort gelebt.

Hinweis:

Die im Folgenden geschilderten Ereignisse sind authentisch.

Personen aus den Familien von Luise Zacharias und Dr. Gudrun Auert sind im Text mit ihrem vollständigen Namen benannt.

Die Namen aller anderen handelnd aufgeführten Personen sind mit frei gewählten, nicht vom Namen abgeleiteten Kürzeln umschrieben, wenn die Personen oder direkte Nachfahren von Ihnen heute noch leben.

Eine Liste mit den Kürzeln zugehörenden vollständigen Namen liegt bei Dr. Burghard Zacharias, Pareyer Str. 3, 14715 Havelaue OT Gülpe vor.

Luise Zacharias

Mitten am Rande
Gedankensplitter

Autorin Kapitel 7.: Dr. Gudrun Auert

Erinnerungen an die letzten Tage des Zweiten
Weltkrieges/die ersten Wochen nach der Kapitu-
lation

Herausgegeben von Dr. Burghard Zacharias,
Kontakt siehe **www.burghard-zacharias.de**

1. Auflage © 2008, PC POINT Computer- und Datendienst GmbH, Havelaue, OT Gülpe.

Umschlaggestaltung und Einbringen von Bildern in den Text: Dr. Burghard Zacharias und Bärbel Vierke.

2. überarbeitete Auflage, © 2009 PC POINT Computer- und Datendienst GmbH, Havelaue, OT Gülpe.

3. überarbeitete Auflage, © 2016 PC POINT Computer- und Datendienst GmbH, Havelaue, OT Gülpe.

4. überarbeitete Auflage, © 2021 Dr. Burghard Zacharias, Havelaue, OT Gülpe.

Herstellung und Verlag: Books on Demand GmbH, Norderstedt

ISBN 9783753406893

Inhaltsverzeichnis

Abbildungen

1. Vorbemerkung

Nach Gülpe führt eine Straße, aber dann ist Schluss. Wer weiter will, muss über die Havel, und da gibt es keine Brücke. In Gülpe sagen sich Fuchs und Hase gute Nacht.

Und so mancher hier hat im Jahre 1945 gehofft, dass die Weltgeschichte um diesen unbedeutenden Ort einen Bogen macht.

Abb. 1 Luise Z. und Sohn Burghard

Wes Herz ist voll, des Mund läuft über. Im Familienkreis hat meine Mutter über Ereignisse im Jahr 1945 erzählt. Es fiel ihr schwer, aber manches musste sie einfach loswerden.

Die Geschichte hat keinen Bogen um Gülpe gemacht.

„Schreib es auf Mutter", habe ich immer wieder gesagt, „schreib das auf, so wie es Dir in die Feder kommt – ohne Wenn und Aber, ohne Kommentar. Lass einfach die Tatsachen sprechen.

Lass, wer immer es will, sich auch mit Kenntnis Deiner Gedankensplitter seinen Vers darauf machen".

Im November 2003 hat Mutter tatsächlich mit dem Aufschreiben begonnen. Irgendwann danach habe ich die bis dahin vorliegenden Textpassagen auf PC übertragen.

Grundsätzlich habe ich mich an Mutters handgeschriebenen Text gehalten, einiges in der Reihenfolge umgeordnet. Manchmal habe ich ergänzend hinterfragt. Ihre mündlichen Erläuterungen sind von mir in den Text eingefügt und von ihr im Nachhinein durch Unterschrift der Seiten autorisiert worden.

Anfang Januar 2004 hatte Mutter den Bericht abgeschlossen. Erst Ende 2007 bin ich schließlich dazu gekommen, die letzten handgeschriebenen Teile in die PC-Fassung zu bringen. Ich will sie ihr zu ihrem 90-sten Geburtstag in gebundener Form übergeben.

Gülpe, Januar 2008
Dr. Burghard Zacharias

Vorwort zur 3. Auflage

Die dritte Auflage ist bis auf wenige redaktionelle Änderungen in den Gliederungspunkten 1. bis 6. sowie 8. (zuvor Gliederungspunkt 7.) identisch mit der zweiten Auflage.

Die entscheidende Erweiterung und Bereicherung des Buches stellt der Gliederungspunkt 7. dar, dessen Text mir Frau Dr. Gudrun Auert im Ergebnis unser beider Abstimmung anlässlich eines Besuches, den sie im Juli/2015 an der Stätte ihrer Kindheitserlebnisse in Gülpe gemacht hatte, übergeben hat.

Gülpe, Januar 2016
Dr. Burghard Zacharias

Vorwort zur 4. Auflage

Die vierte Auflage ist bis auf wenige redaktionelle Änderungen identisch mit der dritten Auflage.

Gülpe, Januar 2021
Dr. Burghard Zacharias

2. Die Situation im April 1945

Gülpe ist ein kleiner Ort im Westhavelland. Er hat ungefähr 150 Einwohner, in Normalzeiten. Hier ist die Straße zu Ende – über die Havel führt keine Brücke; wer weiter will, muss zurück.

Abb. 2 Gülpe im Westhavelland

Es ist April 1945. Manches sehe ich noch vor mir, als wäre es gestern geschehen.

Manches habe ich nur dunkel in Erinnerung ... ich werde so schreiben, wie es im Moment des Schreibens vor meinem geistigen Auge steht.

Im Ort gibt es im April 1945 elf mittelgroße Bauernhöfe sowie mehrere kleine landwirtschaftliche Betriebe.

Abb. 3 Luftaufnahmen Gülpe

An Handwerkern sind ansässig: ein Schmied, ein Schuhmacher, zwei Müller, ein Barbier, vier Fischer, ein Kaufmann, drei Gaststätten.

Des Weiteren gibt eine Holländer Windmühle. Mein Großvater hat sie erbaut.

Abb. 4 Die Mühle

Zur Mühle gehört eine Brotbäckerei, die von meinem Vater, Otto Gerwig, betrieben wird.

Das Brot, das er backt, wird hier im Ort, an die Schifffahrt und nach Warnau verkauft. Da er es nicht schafft, alles Mehl dazu zu mahlen, kauft er auch von der Rathenower Dampfmühle dazu.

Es fehlen 33 zum Wehrdienst eingezogene Männer; 17 davon sind bereits gefallen. Einer der Soldaten aus Gülpe ist Ritterkreuzträger. Als er vor kurzem für ein paar Tage zu Hause war, brauchte man die jungen, unverheirateten Frauen des Ortes nicht lange suchen.

Mein Mann ist auf dem Flugplatz Werder stationiert. Das ist in der Nähe. Oft kommt er auf Kurzurlaub hier her.

Abb. 5 Familie Harry Zacharias 1943

Dem Arbeitskräftemangel abzuhelfen, arbeiten in Gülpe im April 45 auf den Bauernhöfen und bei den Handwerkern noch etwa 15 bis 20 Kriegsgefangene sowie mehr als 20 Fremdarbeiter, Männer und auch Frauen.

Einige Frauen sind mit ihren Kindern hier.

Die Fremdarbeiter erhalten ihr Essen vom jeweiligen Arbeitgeber. Ob sie auch Lohn bekommen, ist mir nicht bekannt.

Je nachdem bei wem sie arbeiten sind ihre Lebensumstände besser oder schlechter.

Hungern müssen sie nicht.

Zumeist wohnen sie auf den Gehöften, denen sie zugeordnet sind, in Kammern oder Verschlägen, entweder im Wohnhaus selbst, aber häufig auch in eigens dazu hergerichteten, abgetrennten Kammern im Stall.

Soweit ich weiß, ist eine Behörde in Rathenow für ihren Einsatz im Havelland zuständig, die auch darauf achtet, dass keine Verfehlungen gegen sie vorkommen, aber eben auch darauf, dass sie nicht integriert werden.

So müssen sie z.B. bei der Mahlzeit an von der „Wirts"- Familie getrennten Tischen sitzen.

Gut erinnere ich mich an eine junge Polin, die mit ihrem neunjährigen Kind in Gülpe war und beim Bauern G. Z. arbeitete. Es war Winter, und mir war aufgefallen, dass das kleine Mädchen kaum warme Sachen zum Anziehen hatte.

Der Bauer hat sich nicht darum geschert. Da habe ich der Polin Wollsocken und warme Kleidung gegeben.

In unserer Backstube half ab Ende 1943 bis zum Frühjahr 1944 ein junger Bäcker aus Frankreich.

Vater hatte eine entsprechende Stelle beantragt.

Der Franzose sprach französisch und wir deutsch. Die Unterhaltung war schwierig. Wir wissen nicht, wie und warum er nach Deutschland gekommen ist.

Aus Rathenow erhielten wir Nachricht, dass wir ihn in Spaatz zu einer bestimmten Zeit vom Zug abholen sollten. Da bin ich mit dem Fahrrad rüber und habe ihn in Empfang genommen. Sein Fahrrad hatten wir vorher schon mit einem Wagen bei Gelegenheit hinbringen lassen

Er saß anfangs zum Essen bei uns am Tisch. Irgendwer muss das mitbekommen haben - eines Tages erhalten wir die amtliche Aufforderung, das sofort zu ändern. Wir müssen einen extra Tisch für ihn aufstellen.

Hier in der Gegend sind viele Franzosen. Sie besuchen sich gegenseitig, und so treffen sie sich auch bei uns. Ich erinnere mich an Abende, wo ich in der Backstube mit Ihnen sitze und sie mir unbedingt Französisch beibringen wollen.

Irgendwann bemerkte Vater, dass manchmal nach solchen Besuchen Mehl fehlte. Vater stellte den jungen Mann zur Rede, und die Angelegenheit hatte sich für ihn erledigt. Wochen später hat er es auch H. S. erzählt.

Das ist ein sehr grobschlächtiger Mann, der die Fremdarbeiter, die direkt bei ihm arbeiten wie auch die, die Aufträge von Bauern zu ihm bringen, bei kleinsten Fehlern, die sie machen, grob misshandelt.

Wie ich später erfuhr, hat er einmal Leute, die ein Pferd beim Beschlagen festhalten sollten und das nicht ordentlich taten, brutal geschlagen und getreten.

Jedenfalls, H. S. hat das von Vater gehörte wohl nach Rathenow gemeldet. Der Franzose wurde abgezogen. Nach etwa einer Woche kam er nochmals zu uns und verabschiedete sich, weil er nach Frankreich zurück musste.

Beim Fischer F. S. am Gahlberg arbeitet ein dienstverpflichtetes Mädchen aus der Ukraine, so um die 18 Jahre alt. Die Fischerfamilie ist kinderlos und nimmt das Mädchen wie ein eigenes Kind auf.

Es wurde nach dem Krieg erzählt, dass sich die junge Ukrainerin kurz vor dem Einmarsch der Roten Armee im Schilf des Gülper Sees[1] versteckt hatte, weil sie nicht in die Sowjetunion zurück wollte.

Abb. 6 Am Gahlberg

Sie soll irgendwann nach Westberlin gelangt und tatsächlich in Deutschland geblieben sein.

Über die Kriegsgefangenen, vor allem Polen und Russen, weiß ich wenig. Ganz sicher kann man ihr Leben und Ereignisse im Dorf, speziell in den Schicksalsjahren 1944 und 1945, nicht trennen.

---

[1] Auf Abb. 8 ragt der Gülper See rechts oben in das Bild; recht deutlich ist der Schilfrand erkennbar.

Für die Kriegsgefangenen ist mitten im Ort auf dem Gehöft von F. S.in einer Scheune mit angrenzendem Stall eine Unterkunft hergerichtet, die mit Betten und einfachem Mobiliar ausgestattet ist.

Am Tage arbeiten sie auf den Höfen oder auf den Feldern der Bauern; von diesen werden sie auch verpflegt.

Abends müssen sie sich zu festgelegter Zeit in der Gemeinschaftsunterkunft einfinden, die über Nacht abgeschlossen wird.

Irgendwann in der zweiten Maihälfte 1945 registriere ich so im Vorübergehen, dass sie fort sind.

Zwei der Kriegsgefangenen sind in Gülpe verstorben, Wassil Orligk (Nationalität: Russe) und Jurek Spiewaskowsky (Nationalität: Pole).

Wassil Orligk hatte beim Bauern K.S. gearbeitet. Er wurde im Dez. 1944 erhängt aufgefunden.

Was dem vorausgegangen ist, ist nie bekannt geworden.

Jurek Spiewaskowsky und andere Gefangene hatten sich Schnaps gebrannt und in Erwartung des baldigen Einmarsches der Russen gefeiert.

An der anschließenden Alkoholvergiftung ist er verstorben.

Beide sind in Gülpe beerdigt.

Abb. 7 Grabstelle W. Orligk, J. Spiewaskowsky

Ihre Gräber werden bis heute von der Gemeinde gepflegt.

3. Die Tage um den 8. Mai herum

Jetzt nun, am Beginn des Berichtes, zählt die Einwohnerschaft mehr als 400 Personen. Diese Zahl ergibt sich, weil viele Flüchtlinge aus ihrer Ostheimat aus Angst vor den Russen, die immer weiter gen Westen kommen, hier Zuflucht nehmen.

Im Ort ist jede nur irgendwie bewohnbare Stube von Flüchtlingen belegt.

Abb. 8 Unser Wohnhaus am 24.2.1939

Hier bei uns im Haus sind meine Eltern in ihrer Schlafstube, im früheren Altenteil eine Cousine meines Mannes mit ihrem zweijährigen Sohn und ihrer Mutter. In der Dachstube wohnen eine Frau M. B. mit ihrem sechsjährigen Sohn und ihre Mutter. Sie sind aus Berlin evakuiert.

Alle kochen in unserer kleinen Küche.

Irgendwie geht es.

Am 19. April fahre ich mit dem Bauern K. P. per Pferdewagen nach Rathenow und hole eine Fuhre Mehl.

Die Russen sind schon kurz vor Rathenow. Die Schifffahrt ist gesperrt, und es liegen einige Schleppzüge hier fest – Es gibt keinen Havelweg mehr zwischen Berlin und Hamburg.

Aus Angst, dass die Russen unsere Wertsachen mitnehmen, haben wir einige Gruben hinter dem Stall ausgehoben und Geschirr (Rosenthaler Porzellan), Silberbestecke und Kleidungsstücke vergraben und mit Kohlengrus bedeckt. Auch im Mühlengarten haben wir was vergraben und Salat darauf gepflanzt.

An einem schönen Tag pflanzen wir noch schnell auf unserem Acker, der ½ Stunde Weg vom Ort entfernt ist, Kartoffeln.

So waren sie auch erst einmal vergraben, und wir hoffen, dass wir im Herbst, wenn alles ruhiger geworden sein müsste, wenigstens Kartoffeln zu essen haben.

Und ununterbrochen bedrückt uns die Angst, dass die Russen kommen.

Ab dem 25. April hören wir starke Explosionen aus Richtung Rathenow. Starker Rauch steht am Himmel. Tage später stellen wir oben von der Mühle aus erschreckt fest: Die Kirchturmspitze ist weg. Viel später erst erfahren wir, dass um die Stadt bis zum 6. Mai verbissen gekämpft wurde und die Stadt fast völlig zerstört ist.

Manchmal kommen deutsche Soldaten durch den Ort, die sich gen Westen absetzen. Wenn sie darum bitten, erhalten sie von den darum angesprochenen Gülpern zu essen und zu trinken.

Einmal ist es eine motorisierte Einheit, die in Richtung Elbe will.

Abb.9 Panzerspähwagen

Ich erinnere mich gut an einen über und über verstaubten Panzerspähwagen, der mit seiner beeindruckenden stählernen Masse zwischen unserem Haus und dem Nachbargehöft steht. Die Besatzung wäscht sich bei uns im Haus und wird mit Nahrungsmitteln versorgt.

Über die Havel setzt die Truppe mittels einer behelfsmäßig erbauten Brücke. Dazu nutzt sie am Ufer vertäute Fischer- und Anglerkähne der Ortsbewohner, die sie nebeneinander im Fluss verankert hat. Die größten auf den Bauerngehöften nahe der Havel vorfindbaren Scheunentore wurden ausgehängt und darauf gelegt.

Beim Übergang über den Fluss entledigen sich die Soldaten eines großen Teils ihrer Waffen.[2]

---

[2] Noch Jahre danach werden Gewehre und Handgranaten aus dem Fluss geborgen.

Erinnerung Dr. B. Zacharias:
Einige Jahre nach dem Krieg ist die Havel ausgebaggert und der Flusssand am Ufer aufgetürmt worden. Eines Tages sprengten wir Kinder dort wieder einmal mit Karbid und Wasser gefüllte Flaschen und erfreuten uns am Knall. Eine Flasche explodierte nicht. Da es zu gefährlich war, an diese fast zum Platzen gefüllte Flasche heranzugehen versuchten wir, sie aus der Ferne mit gezielt geworfenen Steinen zu zertrümmern. Beim Suchen im Sand fand ich eine sehr handliche Eisenkugel, die sich bei näherem Hinsehen als Handgranate entpuppte. O.k., ich habe sie nicht geworfen. Nach einstimmigem Beschluss der mitwirkenden Jungen haben wir sie an einem wieder erkennbaren Platz vergraben. 1955, bei einer über die Schulen laufenden Suchaktion nach Waffen, habe ich die vergrabene Handgranate angegeben. Von einem Bergungstrupp ist sie entsorgt worden.

Ein mir gleichaltriger Junge G. F. findet Ende der 40-Jahre hinter einer Hecke ein „Ding" aus Metall. Wofür ist hier der Ring, fragt er sich, und zieht daran Dann wirft er das nutzlose Ding weg. Wir sitzen gerade am Mittagstisch, als die Handgranate explodiert und hören den Knall. Wie durch ein Wunder kommt niemand zu schaden, weder der Finder noch die zwei anderen Kinder, die bei ihm sind.

Einen bis zum „Überlaufen" voll beladenen Verpflegungswagen können sie über diese Behelfsbrücke nicht bugsieren. Der Wagen bleibt im Ort stehen und wird von den Ortsbewohnern unter aktivster Mitwirkung der Fremdarbeiter ganz schnell leer geräumt.

Meine Freundin P. B., die nahe der Übersetzstelle wohnte, erzählte mir später, dass der auf ihrem Gehöft arbeitende Pole neben Schmalz sowie Fleisch- und Wurstbüchsen mehrere Flaschen Weinbrand aus der Wagenladung sichergestellt hatte. Den Weinbrand hat sie im Garten unter einem Apfelbaum vergraben.[3]

Immer mehr zivile Flüchtlinge machen Station in Gülpe und bringen so viele Schauergeschichten mit, dass uns allen immer mehr Bange wird. Einige Flüchtlinge versuchen, noch über die Havel und Elbe zu kommen, weil die Amerikaner schon in Havelberg und Sandau sein sollen, aber genau weiß das niemand.

Es kommt der Tag, wo es heißt, die Russen sind nicht mehr weit.

Vater backt am Nachmittag nochmals Brot.

---

[3] Wochen danach, als die Russen bereits im Ort waren, konnte sie bei Ihnen gegen drei dieser Flaschen ein Pferd eintauschen.

Gegen Abend ziehen wir noch einigermaßen gute Kleidung an und stellen uns auf die vordere Haustreppe. Vater steht unten am Hausgartenzaun. Nachbar F. G., links gegenüber von unserem Haus, steht an seinem Hoftor, und F. M., rechts gegenüber, hat eine Büchse Fleisch in der Hand und steht auch bei sich am Gartentor.

Und dann beginnt das Drama.

Abb. 10 Das "Empfangskomitee" vor Ort

Bei F. G. kommt der erste fremde Soldat um die Hausecke. Es ist kein Russe, es ist ein Pole. Er geht zu F. G. hin, und die ersten Worte die wir vernehmen, sind Uri-Uri-Uri, und Nachbars Uhr verschwindet für immer.

Mein Vater, der das beobachtet hat, versteckt seine Uhr blitzschnell zwischen Hose und Unterhose; wir Frauen sichern die Eheringe.

F. M. gibt seine Fleischbüchse ab, schaut zu uns rüber und sagt: "Ihr braucht keine Angst zu haben, Frauen und Kindern tun sie nichts. Sie suchen nur, ob sich im Ort noch Soldaten versteckt halten." Dann verziehen wir uns ins Haus.

Wir haben uns alle in der Kellerküche versammelt. Da kommen dann auch einige Polen, wollen zu trinken haben, am liebsten Wein, den wir aber nicht bieten können. Einer bittet um trockene Strümpfe, die ich ihm gebe, und so werden wir dann wenig belästigt.

Aber so um ½ 1 Uhr nachts geht die Schießerei los.

Abb. 11
Gülper
See /
Strodeh-
ne

Es wird vom Waldrand kurz vor dem Dorf über den Gülper See hinweg in Richtung Strodehne geschossen. Später erfahren wir, dass dort wohl eine SS-Einheit den Zugang nach Havelberg kurzzeitig verteidigt hatte, um in Havelberg den Übergang von Wehrmachtseinheiten zu den Amerikanern abzusichern.

Wir in unserem Keller wissen die Richtung des Schießens natürlich nicht und befürchten, dass auch Gülpe bald unter Beschuss gerät.

Wir sind in Angst und Verzweiflung. Mutter schneidet sich die Pulsadern auf, Vater sucht mit einem Strick in der Tasche eine Stelle, und ich versuche ... nein, das kann ich nicht schreiben[4]. Jedenfalls: Wir wollen nicht mehr leben.

Und dann ist die Nacht zu Ende. Alle treffen wir uns, außer Mutter, die aber noch lebt, in der Küche und warten, was nun weiter geschehen wird.

Die Straße ist mit einer Kanone abgesichert (siehe Abb. 10). Sie hat den Dorfeingang auf der an unserem Haus vorbeiführenden Straße im Visier.

Panzerwagen fahren durch das Dorf, und es ist ein lebhaftes Treiben.

Aber von den Einwohnern ist keiner zu sehen.

---

[4] Nachtrag Burghard Zacharias am 20.12.15: Sie hatte sich und mir ebenfalls in den Unterarm geschnitten, aber glücklicherweise sowohl bei sich als auch bei mir die Pulsader verfehlt.

Dann kommt Frau M. Z. Sie und ihr Mann sind Schweizer Staatsangehörige und hier beim Bauern P. B. als Melker eingestellt. Durch ihre Staatsangehörigkeit haben sie einen kleinen Schutz. Also, Frau M. Z. bringt Nachrichten, was so einiges im Ort geschehen war.

Es hat einige Tote gegeben.

Zunächst einmal L. P.

Sie hatte lange Zeit in Berlin gelebt. Am Nachmittag dieses Tages, als die Polen kamen, war sie noch bei uns gewesen und hatte Brot gekauft. Auf die Frage meiner Mutter, warum sie nicht in Berlin geblieben war, sagte sie: „Ich hatte Angst, dort zu verhungern."

Abends wollte sie noch etwas im Garten verbuddeln.

Der Garten liegt hinter ihrem Haus nach Osten zu, dort wo die Straße nach Gülpe herkommt.

Längs der Straße über das Feld streifende Polen bemerkten sie und schossen.

Kopfschuss; sie war auf der Stelle tot. Wir haben nie erfahren, was genau abgelaufen ist.

Es ist möglich, dass die anrückenden Polen L. P. mit ihrem Spaten aus der Ferne für einen deutschen Soldaten gehalten haben, der am Ortsausgang (siehe Luftbild) eine Stellung aushebt.

Abb. 12 Luftbild Gülpe mit Lauen

Ein Mann, G. R., hatte sich erhängt, ebenso eine junge Frau A. F., die belästigt worden war.

Der damalige Ortsgruppenführer der NSDAP, der in Wolsier wohnte, wurde nach Gülpe getrieben. Einwohner von Gülpe fanden seine Leiche am nächsten Tag im Lauen, dem Weidengebüsch am Ortsrand. Lediglich an der Kleidung hat man ihn erkannt.

Ebenso kam H. S. ums Leben. Ihn hatten, ob die nunmehr freien Kriegsgefangenen oder Fremdarbeiter oder beide - ich weiß es nicht - abends aus dem Wohnhaus geholt[5].

Viele der Flüchtlinge, darunter viele Schwarzmeerdeutsche, hatten im Saal der Gaststätte Unterkunft gefunden. Nachts kamen Soldaten mit Taschenlampen herein und wollten Frauen zum „Kartoffelschälen" holen.

Ein Mann erschreckte sich, sprang auf und schlug dabei einem Polen die Lampe aus der Hand. Dieser Mann wurde sofort festgenommen, herausgezerrt und hinter dem Ort so zusammengeschlagen, dass er am nächsten Tag starb.

Nicht behelligt werden zunächst mehrere der jungen Frauen und erwachsenen Mädel aus unserer Straße.

Sie haben sich mit dem Kahn in ein zwischen der Gülper Havel und der schiffbaren Havel liegendes Sumpfgebiet abgesetzt. Da sind sie nur von Kennern der Ortslage erreichbar.

In der Nähe ihres Versteckes ankern zwei Lastschiffe, die, mit Bomben beladen, von Hamburg kommend, nicht mehr zu ihrem Bestimmungsort Berlin weiterfahren können.

---

[5] Ein Detail dazu beschreibt Gudrun Auert auf Seite 64.

Einer der Schiffseigner ist in Gülpe ansässig. Für ihn ist dieser Haltepunkt wie gewünscht vorgegeben.

Der zweite sitzt im Ort einfach fest und muss hoffen, dass er ungeschoren bleibt.

Die Bomben werden von den beiden Schiffern in einer dunklen Nacht in einem Nebenarm der Havel entladen.[6]

Die Frauen halten mit den Schiffern Kontakt. Sie benachrichtigen sich gegenseitig über Auffälliges in ihrer Nähe. Etwa eine Woche nach dem Einmarsch der Polen kommen die Frauen zurück.

Ein Polenmädel, das als Fremdarbeiterin beim Bauern F. S. arbeitete, hatte uns beobachtet, wie wir im Mühlengarten mit dem Spaten hantierten.

Sie hat das den Soldaten verraten.

Im ganzen Garten, bis auf 20 cm neben unserem Versteck, waren sie auf Suche, aber vergebens. Später haben wir alles direkt unter dem Dach der Mühle versteckt und haben es behalten.

---

[6] Dort liegen sie bis in die 50-er Jahre hinein. Dann werden sie von einem Sprengkommando in die Luft gejagt.

Jedes Mal, wenn eine der Bomben zur Sprengung vorbereitet ist, müssen wir uns auf ein entsprechendes Signal hin in die Keller unserer Häuser verziehen.

Die zwei Gruben mit Geschirr hinter unserem Stall werden entdeckt, aber es wird nichts weggenommen.

**Abb. 13
Hinter
dem
Stall**

Wie wir später sehen, sind auf der Wiese Schützenmulden mit Blick nach Westen, Richtung Havel, ausgehoben.

Das nährt die umlaufende Spekulation „ob sich die Russen wohl doch noch mit den Amerikanern in die Haare kriegen?"

In den Tagen darauf werden alle Lichtmasten in Gülpe abgesägt, um eine Brücke über die Havel zu bauen. Im Ort sind wir mehrere Wochen ohne Elektrizität.

In meinem Schlafzimmer richten die Polen eine Schreibstube ein. Mein dreijähriger Sohn Burghard und ich müssen ab sofort bei den Eltern in einem Bett schlafen, Mutter und Vater im anderen.

In der so genannten Schreibstube quartieren sich ein Offizier und ein Unteroffizier ein. Am Tage sind auch noch Soldaten da.

Der Unteroffizier ist ein so fieser Kerl. Gleich die erste Nacht will er mit der Cousine meines Mannes schlafen.

Weil sie aber so weint, geht er zu der in der Dachstube wohnenden Frau M. B., kommt aber die andere Nacht doch wieder zu der Cousine.

Sie war aber wohl ein einziger „Eisblock".

Da verlässt er sie bald, um den Rest der Nacht wieder bei Frau M. B. zu verbringen.

Das alles spielte sich in dem Zimmer ab, in dem gleichzeitig die junge Frau, ihr Kind und ihre Mutter waren.

Ich habe irgendwann danach mit Frau M. B. gesprochen. Sie sagte, sie hätte gedacht, wenn sie sich nicht wehrt, würde er bald von ihr ablassen, aber er war unersättlich.

Mein Vater soll nun auch für die Soldaten Brot backen. Vater ist aber schon über 70 Jahre alt und kann das nicht mehr schaffen.

Abb. 14 Vater und Mutter

Da holt der Offizier zwei junge Soldaten, Bäcker von Beruf; die müssen backen.

Mit dem Heizen des ihnen unbekannten Kohle-Backofens kommen sie jedoch nicht zurecht; deshalb muss ich dieses Amt übernehmen.

Den beiden jungen Bäckern habe ich zu verdanken, dass dieser dicke Unteroffizier mich nicht belästigt. Er hatte es versucht, stand in der Tür, schnippte mit dem Finger „Frau komm, Frau komm ...". Da stellten sich die beiden jungen Leute zwischen ihn und mir und erklärten, dass ich arbeiten müsse, bis er schließlich abzog.

Eines späten Abends hören wir von draußen: „Hilfe", „Hilfe".

Zwei Frauen rennen die Straße entlang. An keinem Haus wird die Tür aufgemacht. Nirgendwo können sie in unserer Straße unterschlüpfen. Ich flitze in die Kammer, kauere mich in eine Ecke und Mutter deckt einen Wäschekorb über mich. Es passiert jedoch nichts weiter.

Wie wir am nächsten Tag erfahren, hatten zwei Soldaten bei einem unserer Nachbarn an die Tür geklopft. Dort wohnten eine allein stehende Frau mit ihrer 24-jährigen Tochter sowie der Bruder der Frau. Alle schliefen schon, als es klopfte. Schlaftrunken hatte der Bruder die Haustür geöffnet.

Zielgerichtet steuerten die beiden Soldaten auf das Schlafzimmer der beiden Frauen zu.

Die Mutter konnte den einen der beiden Eindringlinge mit starken Bauernfäusten packen und gegen seinen Begleiter stoßen. Die Soldaten strauchelten. Das nutzten die Frauen, um aus dem Fenster zu springen. Es gelang ihnen, sich bis zum Morgen in den Weidengebüschen am Dorfrand zu verstecken.

Weniger Glück hatte unsere Nachbarin, die Umsiedlerin A. H. Soldaten hatten sie mitgenommen; sie war spurlos verschwunden, kam aber nach einigen Tagen wieder. Danach versteckten sie die Eltern im Stall, in der Futterkrippe.

M. L. war auf ein Auto gezogen und nach Spaatz geschleppt worden. Unterwegs wohl schon, und auch in Spaatz ist sie mehrfach vergewaltigt worden.

Irgendwann ist es ihr gelungen auszureißen. Nachts hat sie sich längs der Straße im Roggen versteckt und nach Hause geschlichen. Im Ergebnis war sie geschlechtskrank. Der Arzt in Rhinow hat sie behandelt und ausgeheilt.

E. Z. wurde im Ergebnis der Vergewaltigung schwanger. Deutsche Ärzte, die auch hier im Ort als Flüchtlinge waren, halfen ihr in ihrer Not.

Wir Frauen aus unserer Straße schliefen nach diesen Ereignissen zwei Wochen lang auf unserem Heuboden. Das war gut; wir sind unbehelligt geblieben.

Im Stall halten wir zwei Schweine. Eines davon erkrankt, liegt kraftlos in der Ecke und schafft den Weg zum Futtertrog nicht mehr. Da gehe ich mehrere Tage mit einer Schüssel voll Grießbrei zu ihm und füttere es.

Plötzlich wird die Tür aufgestoßen.

Herein in den Stall springt der dicke Unteroffizier mit einer Pistole in der Hand, die er auf mich gerichtet hält. Erregt schaut er sich um. Er sieht, dass ich vor dem Schwein knie, stößt ein paar Worte hervor, die ich nicht verstehe und verschwindet.

Am nächsten Tag erfahre ich von den beiden Backgehilfen, dass der Unteroffizier registriert hatte, wie ich mehrfach mit Nahrung in den Stall gegangen bin. Seine Schlussfolgerung: „Die bringt einem versteckten Soldaten zu essen".

Das wollte er unterbinden. Natürlich musste er, dies vorausgesetzt, zum Eigenschutz mit gezogener Pistole vorgehen.

Das ist mir heute klar. Damals jedoch habe ich wie gebannt auf die Pistolenmündung geschaut.

Ich war unfähig, mich zu rühren. Ich wusste ja nicht, was er wollte und habe nur immer gedacht: „Warum schießt er nicht? … Soll er doch schießen, dann hat das alles hier ein Ende, … soll er doch schießen. Was will er eigentlich? … Warum schießt er nicht? … Soll er doch schießen".

Jetzt, im Nachhinein bin ich immer wieder überrascht, wie ruhig und unbeteiligt ich innerlich geblieben war, so, als wenn mich das alles gar nichts angeht.

Vater trug damals, wenn er draußen zu tun hatte, ein Paar sehr schöner Stiefel mit ausgesprochen weichem Rindleder. Die hatte ihm der in Spaatz wohnende Schuhmacher noch vor dem Krieg angefertigt.

Die Stiefel will der Unteroffizier unbedingt haben. Vater aber weigert sich.

Eines Tages hören wir, wie Vater, draußen auf dem Tritt stehend, ganz fürchterlich aufschreit.

Wieder war es um die Stiefel gegangen, und als Vater sie absolut nicht rausrücken will, spritzt ihm der Unteroffizier aus einer Sprayflasche, die er sich aus unserem Schlafzimmer geholt hatte, Eau de Cologne ins Gesicht.

Als Vater wieder einigermaßen sehen kann, zieht er resigniert die Stiefel aus und gibt sie dem Fordernden. Der probiert sie sofort an. Sie passen nicht. Wütend wirft er sie auf den Hof.

Vater holt sie sich später und versteckt sie hinten auf dem Backofen. Dort bleiben sie sicherheitshalber bis zum Abzug der letzten Besatzungstruppen aus Gülpe liegen.

An einem Abend kommen vier Soldaten in unser Haus. Schnurstracks poltern sie die Treppe hinauf, dorthin, wo M. B. bereits schläft.

„Das übersteht sie nicht", sagt Vater zu Mutter und mir. Wir schauen ihn an und nicken ergeben.

Es dauert keine fünf Minuten, da steht M. B. mit ihrem Kind bei uns unten. „Die sind müde", berichtet sie, „die wollen weiter nichts, als in Ruhe schlafen."

„Nochmals gut gegangen", sagt irgendeine Stimme in mir, mehr nicht.

Wenn ich heute daran denke, dann frage ich mich: „Mein Gott, was war damals eigentlich mit uns los?"

So vergehen die Tage.

Allmählich kommen auch Einwohner und wollen Brot haben. Der Hof steht voller Leute. Ein Mann von den Schwarzmeerdeutschen hilft mir, an die Leute das Brot rauszugeben. Jeder erhält ein halbes Brot, bezahlt hat keiner.

Eines Tages bin ich bei Mutter im Schlafzimmer. Sie erholt sich langsam vom Blutverlust.

Der Hof steht gerade wieder voller Menschen. Ich schaue aus dem Fenster und traue meinen Augen nicht.

Ein Mann kommt auf den Hof. Es ist mein lieber Mann und lieber Vati[7].

Wir können es kaum fassen, uns wieder in den Armen zu halten.

Er trägt einen Anzug, der ihm viel zu weit ist und ist völlig abgeklappert.

Zunächst müssen wir erst einmal für das leibliche Wohl sorgen.

Ein Bad in der alten Zinkbadewanne wird im Verschlag hinter dem Backofen schnell hergerichtet. In der Zeit, wo Vati badet, bereite ich ein Essen zu, das er nach dem Bad kraftlos kaut.

Und dann wird Vati ins Bett verpackt.

Das Erzählen, wie und wo er herkommt, wird für später aufgeschoben.

---

[7] Das Wort Vati steht im folgenden für meinen Mann

Vatis Geschichte:

Vati arbeitete in der Instandsetzung als Elektro-meister auf dem Flugplatz in Werder/Havel.

Er musste Uniform tragen, hatte statt Zivilausweis einen Wehrpass und war somit Angehöriger der Armee.

Abb. 15 Unter dem Apfelbaum

In den letzten Kriegswochen wurde der Flugplatz öfter von feindlichen Fliegern angegriffen. Als die Russen kurz vor dem Flugplatz standen, waren die Mehrzahl der Hangars und der dort stationierten Flugzeuge zerstört.

Mit dem verfügbaren technischen Personal kam eine Erfolg versprechende Verteidigung des Flugplatzes nicht infrage. Unmittelbar vor dem Zugriff der Roten Armee auf den Flugplatz zog sich Vati deshalb gemeinsam mit seinen Kameraden zurück.

Weit kamen sie nicht; sie gerieten in Gefangenschaft.

Man brachte sie nach Berlin Spandau in ein Gefangenenlager, das am Tag zuvor geräumt worden war. Alle Gefangenen waren nach Russland abtransportiert worden. Da hatte er erst mal Glück gehabt.

Nach zwei Tagen der Gefangenschaft, am 8. Mai, war auf einmal keine Bewachung da. Alle Russen feierten das Kriegsende, und der Wodka floss in Strömen.

Die Insassen nahmen die Gelegenheit wahr und verschwanden aus dem Lager.

In den umliegenden Wohnungen besorgten sie sich Zivilsachen und machten sich auf den Weg nach Hause, jeder in seine Richtung Heimat.

Vati und zwei weitere Männer strebten in Nachtmärschen gen Rathenow.

Einmal hatten sie sich in der Nähe eines Ortes versteckt. Ein russischer Soldat hatte das mitbekommen.

Und dann, ... dann stand er, für die Männer völlig überraschend, bei Ihnen, gestikulierte und sagte: „Offiziere besoffen, weg, ... weg, weg, ...".

Das taten die drei auch ganz schnell, und hinter sich hörten sie Schüsse.

Nach einigen weiteren Komplikationen war es Vati dann wirklich gelungen, in Gülpe anzukommen.

Noch einmal einen Schutzengel hat er am zweiten Tag nach seiner Ankunft. Er liegt noch geschwächt im Bett, und ich bekomme mit, dass Soldaten in die Nachbarhäuser eindringen. Sie suchen versprengte Soldaten.

Da ziehe ich kurz entschlossen die Bettdecke über Vati. Er wird nicht entdeckt.

4. Tod an der Havel

Zum Schicksal meiner Verwandten in Rehberg: Meine Schwester Liesbeth Leppin, 35 Jahre, im 5. Monat schwanger, Schwager Otto Leppin, zu Hause, da verwundet, mein Neffe Jürgen Leppin, sechs Jahre, Opa Leppin, meine Tante Frieda

Abb. 16 Meine Schwester mit Familie, 1953

Fester (Schwester meines Vaters), mein Onkel Wilhelm Fester, Frau Kuchenbäcker mit Schwester und zwei Kindern.

Es sind die letzten Tage im Krieg - Anfang Mai 1945.

Rehberg ist ein kleiner, lang gezogener Ort, der von einer Hauptverkehrsstraße durchschnitten wird. Über diese Straße zieht sich, von Rathenow kommend, viel Flüchtlingsverkehr. Das Ziel der Leute ist Sandau oder Havelberg, um über die Elbe zu kommen, denn dort sind schon die Amis.

Es ist zu erwarten, dass auch die Russen diese Straße nutzen werden.

Da meine Schwester und die Verwandten annehmen, Gülpe ist ja so abgelegen, wollen sie versuchen, über die Havel zu kommen und eventuell hier mehr Sicherheit haben.

Abb. 17 Havel mit Blick zur Brücke

Sie machen sich alle auf den Weg und gelangen bis zu einem Nebenarm[8] der Havel, wo sie über eine Brücke müssen. Als sie sich umschauen, se-

---

[8] Die im Hintergrund erkennbare Brücke ist nicht die Stelle des Geschehens; sie gibt es heute so nicht mehr Die Abb. veranschaulicht jedoch näherungsweise recht gut die im Text beschriebene Stelle.

hen sie, dass Russen zu Pferde im Galopp sie verfolgen.

In ihrer Verzweiflung springen sie ins Wasser.

Sie wollen sterben. Zuerst versuchen sie, die Kinder unterzutauchen, was aber zum Glück nicht gelingt.

Indem haben die Russen die Gruppe eingeholt. Sofort beginnen sie, alle aus dem Wasser zu treiben und zu ziehen. Bis auf Onkel und Tante Fester gelingt ihnen das.

Beide Festers waren an eine tiefe Stelle geraten. Sie hielten sich eng umfasst und sind ertrunken.

Abb. 18 Die Festers vor ihrem Haus

46

Meine Schwester wollen die Russen auf ein Pferd zerren, aber mein Schwager hält sie fest.

Da lassen die Russen von ihr ab, machen kehrt und reiten nach Rehberg zurück.

Somit bleibt offen, ob sie der jungen Frau ernsthaft helfen oder sie für sich wollten.

Nach kurzem Besinnen schleppen sich alle nach Warnau, wo sie Unterkunft finden.

Opa Leppin holt am nächsten Tag die Leichen von Onkel und Tante aus dem Wasser und bestattet sie am Uferrand. Monate später werden sie auf dem Friedhof in Rehberg beigesetzt.

5. Langsam kehrt Ruhe ein

Es geht auf den Sommer zu. Eines Tages erhalten die Polen Marschbefehl. Sie werden von russischen Soldaten abgelöst.

Mit den bei uns im Haus einquartierten Polen hatten wir uns zwischenzeitlich arrangiert. Der Offizier und mein Sohn waren Freunde geworden. Zum Abschied erhielt mein Sohn von ihm eine Trillerpfeife, die er bis heute aufgehoben hat.

Irgendeiner der polnischen Soldaten hatte wohl Gefallen an der Lampe gefunden, die wir am Backofen benötigten, um hineinzuschauen, wenn wir wissen wollten, ob das Brot fertig gebacken ist. Jedenfalls fehlte die Lampe plötzlich. Ich bat dem Offizier, das nicht zuzulassen, denn ohne Lampe waren wir ganz schön aufgeschmissen.

Und siehe da, die Lampe stand kurz nach meiner Intervention wieder an ihrem Platz.

Nun ja, als die Polen dann ausgezogen waren, hatte sich die Lampe letztendlich doch in das reine Nichts aufgelöst. Sie war und blieb verschwunden.

Zwei Frauen aus dem Ort, H. F. und M. W., arrangieren sich jeweils mit einem der neu eingerückten russischen Offiziere. Diese blocken sie vor anderen Soldaten ab. Die Frauen haben ihre Ruhe und immer gut zu essen.

Eine dieser Verbindungen ist dann wohl zu einer echten Liebe geworden. Jedenfalls wollte H. F., als die russischen Soldaten Monate später wieder fort mussten, mit ihrem Liebsten mitziehen. Was natürlich nicht möglich war. Eine aus dieser Verbindung hervorgegangene Tochter hat Jahre danach mit offizieller Unterstützung russischer Behörden vergeblich versucht, ihren Vater zu finden.

Es kommt vor, dass Soldaten, die in Nachbarorten stationiert sind, in Gülpe auf „Brautschau" gehen wollen. Das verhindert die Gülper Besatzung jedes Mal schnell und rigoros.

Zur Heuernte werden Frauen des Ortes zusammengetrommelt und mit Leiterwagen auf die Wiesen gefahren. Einmal muss auch ich mit.

Das russische Begleitkommando ist intensiv bestrebt, uns nach getaner Arbeit am Abend zum „Bleiben im Heu" zu überreden.

Uns wird recht schummerig. Doch entschieden machen wir uns auf den Heimweg. Die Russen begleiten uns und lassen in ihren Bemühungen nicht nach.

Es kommen zwei Bauern aus dem Ort mit einem Pferdewagen, um uns abzuholen. Das Begleitkommando bleibt zurück.

Für Vati wird es nochmals ernst, als ein russischer Soldat urplötzlich erscheint und ihn auffordert, zur Kommandantur nach Rhinow mitzukommen. Bei dem Soldaten hat Vati gute Karten, als der Soldat in der Küche bei uns einen Stuhl sieht, dessen Sitzplatte mit einem Muster durchstochen ist.

Deutlich ist ein fünfzackiger Stern erkennbar. Der Stuhl ist alt; niemand weiß, woher das Muster stammt. „Oh, Sowjetstern", sagt der Soldat voller Anerkennung.

Mit dem Auto geht es nach Rhinow. Dort angekommen, wird gerade bei Vatis Eintritt in die Kommandantur der Dolmetscher auf den Hof zum Kirschenpflücken beordert.

Vati soll seinen Ausweis vorweisen; hat er natürlich nicht. Sein letzter aktueller Ausweis war nun mal der Wehrpass, und der ist ja hier gänzlich ungeeignet.

Es besteht die Gefahr, dass Vati als Soldat nachträglich gefangen gesetzt wird.

Vati zückt die Urkunde über den Erwerb des Reichssportabzeichens, die er ahnungsvoll eingesteckt hat. Die Urkunde enthält amtliche Unterschrift und Stempel.

Also, der Dolmetscher ist zum Kirschenpflücken, und der Kommandant kann nicht Deutsch lesen. Er entscheidet sich, den „Ausweis" zu akzeptieren und Vati zu entlassen – es ist sicher müßig, darüber zu meditieren, wie er bei anwesendem Dolmetscher gehandelt hätte.

Den Weg nach Hause muss Vati zu Fuß gehen. Ich bin geflogen, sagt er, als er ankommt und lächelt erleichtert.

Von nun an ist Vati aus Sicht der Besatzungsmacht im Ort integriert. Er beginnt, sich als Elektriker nützlich zu machen.

Zusammen mit dem nicht aus Gülpe stammenden, mit seinem Schleppkahn immer noch festliegenden Schiffer wird er kurzzeitig dienstverpflichtet zum Bau einer Zuleitung für den von den Russen gewünschten Elektroanschluss der Häuser auf dem Gahlberg.

Im Sommer fahren bereits wieder Züge. Ich erhalte zusammen mit meiner Cousine A. S. vom „Familienrat" den Auftrag, von Werder aus der Wohnung von Vati restliche Sachen zu holen.

Bis Parey geht es mit dem Fahrrad über Feldwege. In Hohennauen stellen wir die Fahrräder bei Bekannten unter, bleiben dort über Nacht und machen uns am nächsten Morgen, noch in der Dunkelheit, zu Fuß auf den Weg nach Rathenow, von wo aus wir den Zug nach Brandenburg nehmen wollen.

Ängstlich verstecken wir uns bei jedem herannahenden Auto im Straßengraben, denn es ist klar: Zu dieser Zeit verfügen nur Russen über Autos.

Der Zug nach Brandenburg ist völlig überfüllt; es gelingt uns, einen Stehplatz zu ergattern.

Zu Fuß ist der Weg von Brandenburg bis Werder weit. Bald schmerzen uns die Füße.

Wir beschließen, trotz aller Bedenken, das erste Fahrzeug, das uns überholt, anzuhalten und, wenn nur ein einzelner Russe darin sitzt, um Mitnahme zu bitten.

Ein LKW nähert sich. In letzter Sekunde schrecken wir zurück.

Dann treffen wir auf einen Bauern, der mit seinem Ackerwagen nach Hause fährt. Er nimmt uns ein Stück mit.

Vom Erfolg angespornt, werden wir mutig. Wieder sehen wir hinter uns ein Auto der Sowjetstreitkräfte. Wir winken. Es hält an. Ein einzelner Soldat steuert das Fahrzeug. Er lässt uns auf die Ladefläche klettern und chauffiert uns anstandslos bis zum Ziel. Pfffh, wir sind erleichtert.

In Werder packen wir alles Gewünschte ein.

Auf der Rückreise finden wir hinter Rathenow auf einer von zwei Russen gesteuerten Pferdekutsche Platz. Wir sitzen gemütlich. In Hohennauen werden wir von Einwohnern abschätzend und kritisch beäugt. Mit den Russen gibt es keine Probleme.

Ausgepumpt, aber glücklich über unseren Erfolg, kommen wir zu Hause an.

„Mein Gott, was haben wir für Angst ausgestanden", werden wir empfangen. „Heute sind alle Schwarzmeerdeutschen zusammengetrieben, in Wolsier gesammelt und auf Lastkraftwagen abtransportiert worden. Wir hatten fürchterliche Angst, dass Ihr nicht über die Wiesen, sondern über Spaatz und Wolsier zurückkommt und da mitgefasst würdet."

Ich habe nie erfahren, wohin die Schwarzmeerdeutschen verfrachtet worden sind.

6. Gülper Blutzoll auf den Schlachtfeldern

Von den 33 aus Gülpe als Soldaten eingezogenen Männern sind 14 lebend zurückgekommen.[9]

W. B.,	F. B.,	H. F.,	A. G.,	E. G.,
F. K.,	M. L.,	W. L.,	P. O.,	F. R.,
W. R.,	O. S.,	A. Z.,	F. Z.	

Der mit dem Ritterkreuz dekorierte A.Z. ist nach dem Krieg jedoch nicht nach Gülpe zurückgekehrt, sondern in Berlin „untergetaucht"[10].

An die in beiden Weltkriegen gefallenen Gülper erinnert ein direkt neben der Friedhofsmauer stehender Gedenkstein.[11]

Abb. 19 Denkmal für die Gefallenen

Die bei Aufnahme der Abb. 19 noch verblasste

[9] Manche erst nach vielen Jahren aus der Kriegsgefangenschaft.

[10] Diese Vorsichtsmaßnahme erwies sich für ihn als sinnvoll. War er doch anlässlich einer Hochzeit Anfang der 50-er Jahre auf Einladung für kurze Zeit in Gülpe. Plötzlich erschien auf der Hochzeitsfeier ein russisches Kommando, das nach ihm fragte. A.Z. war gerade nicht im Raum. Blitzschnell wurde ihm draußen die Situation mitgeteilt. Über die Havel-Wehre hat er sich in Richtung Garz abgesetzt.

[11] Abb. 19 ist das für das Coverbild fototechnisch bearbeitete Original.

Inschrift ist im Jahre 2007 mit neuer Farbe wieder gut lesbar gemacht worden.

Der ehemals oben auf dem Stein angebrachte Adler fehlt. Er wurde zu DDR-Zeiten in einer „Nacht- und Nebelaktion" entfernt. Unklar ist bis heute, ob er von Sammlern/Buntmetalldieben gestohlen wurde oder ob er auf behördliche Anordnung entfernt worden ist.[12]

In der Kirche ist nebenstehende Tafel angebracht. Sie enthält zehn Namen.

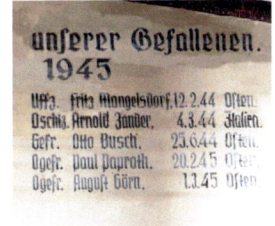

Abb. 20 Gedenktafel in der Kirche

Die Angaben auf der Tafel waren wohl die Ba-

sis für den Eintrag im unteren Denkmalbereich, dass der 2. Weltkrieg 10 Soldaten gefordert hat.

---

[12] Siehe hierzu auch den Nachtrag auf Seite 62.

Nach meiner Erinnerung ist die Anzahl nicht vollständig. Soweit ich weiß, sind von den insgesamt 33 Männern, die als Soldaten eingezogen wurden, 19 nicht zurückgekehrt:

 *Willi Ballerstedt, Otto Brose, Otto Busch, Martin Friesicke, Willi Friesicke, Otto Glimm, August Görn, Otto Görn, Otto Görne, Ernst Komnick, Fritz Mangelsdorf, Hermann Mangelsdorf, Otto Paproth, Paul Paproth, Alfred Ritter, Ernst Schmidt, Ernst Schulz, Erich Wunderlich, Arnold Zander.*

Ob die neun auf der Tafel in der Kirche nicht aufgeführten Männer gefallen sind, in Gefangenschaft verstarben, oder ??? weiß ich nicht.

Die nebenstehende Inschrift auf dem Denkmal gilt ursächlich den Gefallenen des 1. Weltkrieges.

Da sie sich im Kopf des Denkmals befindet, bleibt es dem Betrachter überlassen, ob er sie in den Eintrag zum 2. Weltkrieg einbezieht.

Nachtrag von Burghard Zacharias: Im Jahre 2010 ist der Adler wie Phönix aus der Asche überraschend auferstanden,[13] allerdings in Teile zerbrochen und diese zudem verbogen.

Dank der Initiative von Gülper Einwohnern steht er, kostenaufwendig restauriert, seit dem 12.06.15 wieder auf seinem angestammten Platz.

Abb. 21 Gedenkstein aktuell

(Aufgenommen am 12.06.15 unmittelbar nach Enthüllung des restaurierten Adlers)

An einer Spendenaktion zur finanziellen Absicherung der Instandsetzungsarbeiten haben sich fast alle Gülper beteiligt.

---

[13] Ein ehemaliger Schüler der Rhinower Schule hatte ihn in Zernitz zu Hause im Garten vergraben.

Wie es dazu gekommen ist und wie der Adler letztlich durch einen abwegigen Zufall wieder nach Gülpe gelangt ist, füllt eine eigene Geschichte; es ist vorgesehen, sie in die aktuelle Gesamtfassung der Gülper Chronik einzufügen.

7. Erinnerungen von Dr. Gudrun Auert

Meine Erinnerungen während meines 6. bis 8. Lebensjahres an meinen Aufenthalt in Gülpe (1943 – 1945)

1943

Es ist möglich, dass diese Erinnerungen der Wirklichkeit entsprechen, aber vielleicht auch mit Phantasie und Erzählungen vermischt sind, was ich aber nicht klären kann, weil ich außer meiner Schwester niemanden mehr kenne, mit dem ich darüber sprechen könnte.

Nach einem großen Bombenangriff am 4. Dezember 1943 auf Leipzig kam meine Mutter (Hanna Voigt) mit uns zwei Kindern Dorothea (geb. 27.01.1935) und Gudrun (geb. 24.02.1937) in Gülpe bei unserer Großmutter Minna Voigt an.

Abb. 22 Wohnhaus Minna Voigt

Sie wohnte in der Dorfstraße 3, in einem kleinen dunkelgelben Fachwerkhaus, das mein Vater

Max für sie gekauft hatte (angeblich eine ehemalige alte Schule - ich habe keine Unterlagen darüber gefunden), und wir zogen bei ihr ein.

Wir gingen in die Einklassen - Dorfschule (ich meine, wir waren 57 Schüler(innen) von der 1. bis zur 8. Klasse, ich glaube 8 in der 1. Klasse (A.A., A.B., A.C., J.D., H. E. (Gülper Kinder); A.F. (Nichte von Lehrer A.I.), H.G. und ich (evakuierte Kinder); die 7. Klasse bestand aus einem Schüler und in der 8. Klasse waren zwei Schülerinnen.

Lehrerin war Frau F. H. (gelernte Schneiderin). Nach kurzer Zeit kam Lehrer A.I., der mit seiner Familie das Schulhaus bezog. Er war sehr streng und verhaute die Jungen mit dem Rohrstock. Ich selbst musste meine Hände öffnen und bekam mit dem Rohrstock einen Schlag hinein, weil ich mich umgesehen hatte, als es hinten im Klassenraum an die Tür geklopft hatte.

In seinem Wohnzimmer mussten wir mit seiner Klavierbegleitung das „Horst-Wessel-Lied" und andere Lieder singen.

Am Unterrichtsende stellten wir uns alle an der Tür auf und hoben die Hand zum Hitlergruß. Waren nicht alle Hände gleichzeitig in der Höhe, wurde solange geübt bis es klappte und erst dann durften wir nach Hause.

Ich hatte einmal an der Schnalle meines Ranzens nur den Stift durch das Loch des Lederriemens gesteckt, nicht aber durch den zweiten Metallriegel, deshalb musste ich nachsitzen.

Begegneten wir Herrn A.I. im Dorf außerhalb der Schulzeit, mussten wir jedes Mal „Heil Hitler" mit erhobener Hand sagen.

In Gülpe lebten viele Berliner, die aus Berlin evakuiert worden waren. Ich denke, dass jedes größere Haus Evakuierte aufnehmen musste.

Ein Mädchen M. J. (Nichte von Frau F. H.) war ohne Eltern in Gülpe. Sie hatte lange dicke schwarze Zöpfe und einen weißen Puppenwagen. Dorothea und ich hatten nur jede einen Pappkarton mit einem Bindfaden daran als Puppenwagen-Ersatz.

Dieses Mädchen, kam nicht mehr zur Schule. Es hieß, M.J.s Eltern hätten sie zurück nach Berlin geholt; wenn sie unter Bomben sterben müssten, dann wollten sie alle zusammen sein, was dann wohl auch so geschehen ist.

Unser Lehrer A.I. fragte einmal, als wir auf dem Schulhof standen, ob jemand die Nachrichten im Radio gehört habe mit den Warnmeldungen, ob es Fliegeralarm gäbe. Ich meldete mich und mitten im Reden fing ich in meiner Not auf einmal an zu weinen, weil ich unsicher war, ob unsere Mutter den deutschen oder den verbotenen feindlichen englischen Sender London gehört hatte, und wir durften nicht darüber sprechen.

Wenn Fliegeralarm war, ging unsere Mutter mit uns Kindern in den Keller. Onkel Arnold Zander (einziger Sohn von Tante Emma) lachte unsere Mutter immer wegen ihrer Ängstlichkeit aus (er ist später in Dänemark gefallen).

Unsere Mutter zeigte uns am Himmel, wie „Christbäume" auf Berlin abgeworfen wurden.

Wir sammelten silberne breite Streifen, die von Flugzeugen auf die Wiesen abgeworfen worden waren, da wir kein Lametta für unseren Weihnachtsbaum besaßen.

<u>1944 +1945</u>

Es kamen viele Pferdewagen mit Menschen mit vielen Kindern (wahrscheinlich aus Ostpreußen, Schlesien und anderen Gebieten) nach Gülpe.

Wir Kinder halfen mit, die kleinen Kinder zu betreuen und sie in der Schule und im Saal der Gastwirtschaft Rösicke unterzubringen. Einmal ging unsere Mutter mit einer Frau von Haus zu Haus, um sie mit ihrem Baby, das in einem Wäschekorb gebettet war, unterzubringen.

Wir hatten in kleinen Gruppen in der Gastwirtschaft Rösicke im Gastraum ein- oder zweimal
Schulunterricht, später gar keinen Unterricht
mehr (wieder in Leipzig fehlte Dorothea und mir
ein Schuljahr im Lebenslauf).

1945

Nahe Gülpe waren auf der Havel Schiffe liegen-
geblieben, die nicht mehr zur Elbe kamen. Die
Besatzungen verteilten ihre Vorräte an die Dorf-
bevölkerung.

Unsere Mutter und Frau F.O. (evakuiert aus Berlin) schleppten ein riesengroßes Fass nach Hause
mit Butter, die mit einer oberen Schicht Salz ab-
gedeckt war.

Sie waren erst enttäuscht, als sie zuerst das Salz
sahen, freuten sich dann aber über die Butter, die
darunter zum Vorschein kam.

Während unsere Mütter unterwegs waren, war
ich mit der kleinen I.O., Tochter von Frau F.O.
in den Weiden. Auf einmal kamen Tiefflieger.

Ich zog die Kleine aus dem Sportwagen und leg-
te mich mit ihr flach auf den Bauch. Es ist uns
nichts passiert.

Mai 1945 bis September 1945

Es kam ein deutscher Soldat auf einem Motorrad und hielt an unserem Haus an und sagte zu unserer Mutter: „Hisst die weiße Fahne! Ich blute wie ein Schwein, im kleinen Wäldchen bin ich beschossen worden! Wie komme ich zur Elbe?"

Unsere Mutter ging auf den Boden und hing ein weißes Handtuch zum Fenster hinaus, G.Z. (er, Vater des Ritterkreuzträgers A.Z., wollte noch einige Tage vorher unsere Mutter beim Werwolf anzeigen wegen ihrer nazifeindlichen Äußerungen) hängte jetzt auch ein weißes Tuch hinaus.

Unsere Mutter meinte, das Handtuch sei zu klein und zog es zum Umtauschen zurück, G.Z. tat es ihr gleich. Als sie nun ein großes Betttuch nach draußen hing, schob auch er sein weißes Tuch wieder hinaus.

Gegen Abend kamen ins Dorf Polen herein gerannt. Sie schoben dunkelgrüne Schubkarren (wahrscheinlich Gerätewagen für Waffen) vor sich her. Einige blieben an unserem Haus stehen, vor dem unsere Mutter, wir und andere Leute standen.

Die Polen zeigten auf die Uhr unserer Mutter, die sie ihr sofort wegnahmen, ebenso eine Akku-Taschenlampe.

Der Schmied H.S. hatte wohl öfter Kriegsgefangene misshandelt. Er soll spät abends gefesselt durchs Dorf getrieben worden sein, er habe geschrien wie am Spieß.

Am nächsten Tag fanden Dorothea und wir Kinder ihn tot in den Weiden, im blauen Arbeitsanzug mit schweren schwarzen Schuhen an den Füßen und neben seinem Kopf lagen die ausgestochenen Augen, ich sehe noch heute die weißen „Kugeln" vor mir.

Wir liefen nach Hause und berichteten über unseren Fund, denn bis dahin hatte sich wahrscheinlich noch kein Dorfbewohner in die Weiden getraut.

Als Dorothea und ich im Bett lagen, kamen zwei Soldaten in unsere Schlafkammer herein, nahmen uns unsere weiß bezogenen Oberbetten weg und legten sie draußen vors Haus und verbrachten darauf die Nacht.

In die rechte Hälfte von Omas Haus (Zimmer und Kammer) zogen ca. 50 polnische Soldaten ein, unsere Mutter, Dorothea und ich mussten in die linke Hälfte des Hauses umziehen zu unserer Oma, außerdem zogen noch Frau F. O. und ihre zwei Kinder G. O. und I. O. ein (sie waren in einem Nachbarhaus von uns untergebracht gewe-

sen und sind von den Polen aus ihrem Zimmer
vertrieben worden).

Wir vier Kinder schliefen auf Militärkisten in der
Kammer neben dem Zimmer unserer Oma. Hier
schliefen Oma, Frau F.O. und unsere Mutter.

Nachts zertrümmerten die Soldaten die Scheibe
der Hoftür und schlugen mit Gewehrkolben gegen die Zimmertür und wollten, dass die Frauen
herauskamen.

Ein Soldat hatte in unserem Hof zwei Flaschen
Wein gefunden, die unsere Oma dort versteckt
hatte. Er nahm unsere Mutter mit in die Küche
und unsere Mutter hielt mich an ihrer Hand fest
und zog mich hinter sich her. Der Soldat stellte
zwei Gläser auf den Tisch und goss unserer Mutter Wein ein.

Da unsere Mutter befürchtete, er wolle sie be-
trunken machen, gab sie mir den Wein und ich
musste ihn trinken. Dies war wohl nur ein Test,
ob der Wein vergiftet war. Als der Soldat sah,
dass unsere Mutter ihrem Kind den Wein gab,
trank er ihn alleine aus.

Bei Bollmanns lebte ein polnisches Ehepaar mit
einem Mädchen Wascha und einem zweijährigen
Sohn Johann in einer Knecht-Kammer auf dem
Hof. Als dieser Junge eine Lungenentzündung

bekam, hat unsere Mutter in der Krise die ganze Nacht an seinem Bett gesessen und ihm ihren letzten Bohnenkaffee zu seiner Herzstärkung gegeben.

Seine Eltern waren unserer Mutter so dankbar, so dass sie ihr geholfen haben, als die polnischen Soldaten kamen.

Sie haben einen großen Sack mit Muttis Pelzmantel u. a. in dem uns gegenüberliegenden Gefangenenlager versteckt und haben dafür gesorgt, dass die Polen unser Klavier zurückbringen mussten, das sie weggeholt hatten.

Es standen vor unserem Haus viele Fahrräder und viele LKWs mit wunderschönen Puppen auf den Kotflügeln, die sicherlich anderen Kindern aus anderen Dörfern weggenommen worden waren. Dorothea und ich strichen immer um diese Puppen herum, haben sie aber nicht angefasst.

Im Sand neben der Chaussee lag der Inhalt von vielen Schubladen, der von den Soldaten aus den Kommoden der anliegenden Häuser ausgeschüttet worden war (Geldscheine, Porzellan u. a.). Dorothea und ich haben uns nicht getraut, etwas aufzuheben.

Dorothea und ich nahmen eine Decke und unsere Puppen und setzten uns auf die Wiese neben den

Gräbern auf dem Friedhof und spielten dort, unserem Haus gegenüber.

Um uns herum lagen Tassen, Geschirr und Knochen, die durch das Graben der Russen nach versteckten Besitz herausgegraben worden waren.

Wir spielten auch in den Weiden und sammelten weggeworfene Patronengürtel mit leeren Patronen (ich denke, sie waren alle leer, denn es ist uns nichts passiert).

Die Soldaten rissen die Einkochringe an den Gläsern des Eingekochten auf und schütteten den Inhalt auf die Straße.

Nachdem die polnischen Soldaten abgezogen waren, sprengten nachts Kosaken auf ihren Pferden herein.

Anschließend kamen die Russen.

An einem Morgen wurden viele Frauen abgeholt und auf der Ladefläche eines LKWs weggefahren. Wir Kinder weinten, und G.Z. kümmerte sich um uns und gab uns etwas zu essen. Aber zum Glück kamen unsere Mütter am Abend zurück; sie waren zur Feldarbeit eingesetzt worden.

Ich (und sicherlich auch die anderen Kinder) hatten Kleiderläuse und Krätze.

Mit dem Zusammenbruch des Naziregimes erhielt unsere Mutter kein Geld mehr, unser Vater war in Kriegsgefangenschaft.

Unsere Mutter als gelernte Krankenschwester half im Dorf, wo ihre Hilfe benötigt wurde. Sie erhielt dafür manchmal Eier, Speck oder Butter.

Sie saß an einem langen Holztisch und verteilte Milch aus großen Milchkannen auf dem Hof von Paul Bollmann, reinigte die Kannen und stellte sie für den Milchmann zum Austausch auf die Milchbänke an die Chaussee.

Als sie erlebte, wie die Menschen beim Bäcker anstanden und viele Brote holen wollten, hat sie Zettel ausgeteilt, Namen und Anzahl der Personen darauf notiert, so dass jeder den ihm zustehenden Anteil Brot erhielt. Somit führte sie für Brot in Gülpe die Lebensmittelmarken ein.

Nachdem die Russen längere Zeit im Dorf waren, lernten sie Fahrrad fahren. Manchmal nahmen uns auf dem Fahrrad mit. Abends saßen sie auf Bollmanns Stufen, spielten Akkordeon, sangen und führten ihre russischen Tänze auf.

Auf dem Dorfplatz vor unserem Haus stand eine nach 1933 gepflanzte „Hitler – Eiche". Sie wurde wegen Ihres Namens gefällt. Stattdessen wur-

de ein Turnreck aufgestellt, an dem die Russen
turnten.

Abb. 23 Dorothea und ich an der Hitler-Eiche[14]

Im September 1945 verließ unsere Mutter mit
Dorothea und mir Gülpe. Herr H.N. brachte uns
mit unserem Handwagen, der mit unserem Ge-
päck beladen war, mit einem Kahn über die Havel. Wir kamen über Tangermünde in Stendal an,
wo wir den nur 1-mal wöchentlich fahrenden
Zug nach Leipzig erreichten.

Unsere Mutter hatte sich von ihrem Gefühl leiten
lassen, sie müsse unbedingt jetzt nach Leipzig
zurück ohne zu wissen, ob unser Einfamilienhaus
noch stand.

Zum Glück stand es noch und es wäre uns weggenommen worden, wenn wir nicht zufällig am
Stichtag in Leipzig erschienen wären.

Gudrun Auert, aufgeschrieben im August 2015

---

[14] Die Bilder entstammen einem AKA 8 – „Uralt"-Schmalfilm. Trotz der
auch nach Überarbeitung mit einem Fotoprogramm immer noch sehr
schlechten Qualität habe ich sie der Authentizität wegen eingefügt.

8. Auszug aus der Gülper Chronik[15]

Das Jahr 1945

15.02.45 Der Schulbesuch wurde eingestellt. Lehrer Schneider arbeitet auf der Bürgermeisterei.

01.10.45 Wiedereröffnung des Unterrichts nach den neuen Grundsätzen der Demokratischen Schule.

...

Weitere Ereignisse 1945

02.05. und 03.05.45 Polnische Soldaten umstellen Gülpe und marschieren in Gülpe ein. Von Gülpe aus wird Strodehne beschossen.

...

Natürlich musste die Bevölkerung Platz für die Besatzung schaffen und enger zusammenrücken.

---

[15] Quelle: Nach handschriftlichen und z.T. maschinegeschriebenen Texten zusammengestellte und auf PC übertragene Fassung von Herrn Dieter Zacharias.

Die Chronik umreißt in dieser Fassung die Zeit vom Jahre 1333 bis zum Jahr 1950 nur bruchstückhaft. Sie rundet die persönlichen Erinnerungen meines Erachtens jedoch ein wenig ab, und deshalb habe ich als Herausgeber entschieden, den folgenden Auszug beizufügen (Dr. Burghard Zacharias).

70

Von den Viehbeständen haben sie nur für ihren unmittelbaren Bedarf geschlachtet. Es wurde aber nichts fortgetrieben, wie es an anderen Orten geschehen ist.

...

Ende Mai Die Zahl der Einwohner stieg auf fast das Doppelte (ca. 400 Einwohner) durch die Aus- und Umsiedler. Es waren Schwarzmeerdeutsche und Schlesier.

Sommer 45 Die russischen Truppen mähen Gras. Das Heu dient dem russischen Eigenbedarf. Alle Bauern werden zur Mitarbeit verpflichtet.

Abgabepflicht für landwirtschaftliche Erzeugnisse besteht nicht. Die Milch wird selbst verarbeitet und verkauft.

Die Preise für Lebensmittel steigen stark an. Alles was entbehrt werden kann wird in Lebensmittel umgewandelt.

Schwarzschlachten und Brennen wird allgemein durchgeführt.

Enteignungen wurden in Gülpe nicht vorgenommen.

...

Je Bauernhof gibt es ca. 10 Kühe. Sie sind unversehrt über das Kriegsende gekommen. Die Schweinezucht wird vorwiegend durch eigene Sauen gesichert (vorher durch Aufkauf).

...

Die russischen Soldaten hinterließen in Ihren Quartieren bei ihrem ... Abzug ... eine große Unordnung.

...

Durch die Besatzungsmacht wird Hermann Ritter zum Bürgermeister. Er löst den langjährigen Bürgermeister Ernst Rösicke (Pg.) ab.